KB158200

열세 번째 별자리

열세 번째 별자리

지은이 | 김선정

초판 발행 | 2021년 5월 1일
2쇄 발행 | 2021년 5월 15일

펴낸이 | 신중현
펴낸곳 | 도서출판 학이사
출판등록 | 제25100-2005-28호

대구광역시 달서구 문화회관11안길 22-1(장동)
전화_(053) 554-3431, 3432 팩시밀리_(053) 554-3433
홈페이지_http://www.학이사.kr
이메일_hes3431@naver.com

ISBN_979-11-5854-293-1 03810

열세번째 별자리

김선정 시집

學而思 | 학이사

시집을 내면서

같은 시간 다른 공간에서
그리운 마음을 전하는 것으로
시만큼 좋은 것이 또 있을까.

멈췄던 순간의 감정이
스톱워치 버튼처럼 다시 작동되어
시는 그렇게 나에게 다가왔다.

해마다 돌아오는 계절이 주는 감동이 다르고,
하루도 아침저녁이 확연하게 다르듯
평범한 일상 속에서 찾아낸 감정들을 엮었다.

어느 시인의 시구가 며칠의 여운으로 남은 것처럼,
나의 시 한 편 한 편이 공감이 되어
지친 마음에 위로가 되기를 바라며 용기를 내어봅니다.

2021년 봄
김선정

차례

2부 꽃망울 움트는 사과나무

3부 아득한 사랑

4부 작은 뜰 낮은 담장

1부

아부지 울 아부지

장군

진두지휘 큰 소리로 외칠 때면
전장에서 큰북 치며
앞장선 갑옷 걸친 장군 같으시다가도

푸주옥
설렁탕 한 그릇 앞에 두고선
소년 같은 함박웃음 지으시며
수저를 드신다

탕에 넣어 드실
다져놓은 대파를
두어 큰술
던지시듯 넣으시며
던지시는 그 한마디

'허 참, 그 뭣이라고~!'

쓰윽

자는 모습 바라보다
따라 누워본다
자는 모습까지 기특하여서
머리 한 번 쓰다듬어 본다

쓰윽…
손가락 사이의 차진 머릿결은
오지 않는 잠까지 청하게 만든다

쓰윽…
그녀 옆에 누워서 잠들었으면

초면에는

일정에 따라
목적이 있기에
저마다 달려가
모여 앉은 낯선 자리

목적은 같지만
바라는 저마다 이익의 잣대는
달라도 어찌 이렇게도
다를 수가 있을까?

내 머리가 힘들기 전에
저 사람 입장이 되어 들어보자
이해하려 애써보자

이타심 없이 내놓는 의견들
시간만 흐르는 결론 없는 이 자리
많은 생각들로 머릿속이 아프구나!

나도 내 생각만 하련다

곁에 두고 싶은 사람

보인다
내 눈에만 보이는 건지
너무도 잘 보인다

심성이 맑은 저 사람

아는 만큼 볼 수 있다
생각해 왔는데
보이는 것보다
더 많이 맑을 수도 있겠구나
생각하게 만드는 저 사람

곁에 있으면
나도 따라 맑아질 것만 같아서
가까워지고 싶어진다

스리슬쩍
다가가 본다

내치지만 않는다면
오래도록 곁에 있고 싶어지네

보살 미소

여자는 친정이 있어야 하고
엄마는 딸이 있어야 한다더라
어릴 적 울 엄마
자주 하시던 그 말씀

부드러운 눈빛으로
애살 담긴
곧고도 나지막한 목소리로
수처작주 입처개진을
나에게 여러 번 말씀하시던

좋은 일이라도 했다손 치면
무주상보시를 제시하시며
더 좋은 길로 이끌어주시는
당신보다 더 크게 되어라
될 것이다
아무렴 되고 말고를
주문 외우듯 격려의 등 밀어주시는

보살 미소 얼굴에서

그 옛날
따신 어느 봄날 쪽담에서
적당히 데워진 울 엄마의
무릎 베개 그 포근함을
느끼는 오늘 오후

울 아부지

우리 딸은
나중에 커서 뭐가 되고 싶은고?

울 아부지 짐 자전거
짐칸 자리에
짐 대신 내가 앉혀있다

재촉하지 않으시는 울 아부지
그제서야 생각해 보는
짐칸에 앉은 어린 나

비포장길
일정하지 않은 그 덜컹거림을
짐 놓는 자리의 그 두들김은
합판때기 딱딱함을 통해
연신 받아들이면서

아부지는 대답을 기대 않으셨는지
달리 또 물으신다

우리 딸은
나중에 어떤 사람한테 시집갈라는고?

아부지 바지 허리춤을 쥐고 있다
아부지 등에 얼굴 한쪽을 기대고
그 푸근한 목소리의 울림까지도
내 귀로 내 얼굴로 받아들이면서
다시 생각에 드는 어린 나

커서까지도 당신 등짝에
당신 곁에 두고 싶으심에도
괜스레 혼잣말하시곤 하셨던
울 아부지

감동 맞이하기

눈 뜨면 제일 먼저
새로 맞는 아침에게
두 팔 뻗어 하는 기지개 인사로
감동의 장면들이 기다리고 있을 하루를 맞이합니다

어떤 사연들이 기다리고 있을지
분명한 건 어제와는 다른 일들일 것입니다
비슷한 듯 보이나 반복되진 않습니다
다급할 이유가 없습니다

기뻤든 슬펐든 해결 못 해 쩔쩔매는 고심에 빠졌든
하물며 그 이유 상처 되어 맘 한구석 화석으로 남겨졌어도
이제 조금은 알 것 같습니다
갖은 이유로 감동으로 남을 일들입니다

자화상

연정의 신호인가 오해 사기 쉬운 태도
다가서려 하면 시치미 떼는 고약한 말투
젊은 날엔 운명 같은 만남을 꿈꾸었지
넋 놓고 흔들리고 싶어도 흔들리지 않던
대놓고 흐트러지려 해도 말쑥하기만 하던
온전한 형태로의 거울 속의 저 모습
잠자고 있는 본능을 흔들어 깨워도
본능 위 먼저 들여다보이는 기품
선천적으로 타고남이 분명한 내 자화상

온통 당신

이 좋은 내음 그윽하게 고운 향
어디서 나오나 따라가 봤더니
당신이 거기 있더이다

부드러운 바람결 더 부드러운 목소리
매료되어 두 귀 먼저 마중 나가 봤더니
당신이 거기 있더이다

나 지금 여기 있는데
내 마음 온통 그곳에 있더이다

나중에야 알았네요
그곳에 서 있던 당신
온통 이곳에 있었다고

빛이 나는 사람

머리를 쓰다듬는다
마치 소원을 빌듯
'요 이쁘고 기특한 것 같으니라고'
나지막이 읊조리면서

정수리 한 번 내어주고는
빤히 쳐다보며 앙 다문 입매로
'무슨 말씀 하려는지 알 것 같아요'
입꼬리 올린 미소로 화답한다

확실한 네 편이 있단다

충분히 사랑받고 있음을 느낍니다

어디서 무엇을 하든
사랑받는 이가 빛이 나는 이유입니다

아부지의 웃음

안방 문
활짝 열어 놓으신 채
목침 위 두 주먹으로 턱 괴시고
연신 흐뭇하게 웃으시느라
힘들어 보이시기까지

울 아부지 어딜 보시는 거지?

그동안 못다 한 얘기
풀어놓기 바쁜
우리 육 남매들 보고 계신다

내가 웃으며 얘기라도 할 때면
아부지 함께 따라 웃으신다

- 아부지 그죠, 그죠?
  제 말이 맞지예~ 재밌지예?

- 아이고, 이놈아

- 아부지 와카십니꺼?

- 이눔아
  나는 니 말이 빨라서
  도통 뭐라꼬 카는지를 모르겠다

고2,
그제서야 알게 되었다
울 아부지는 말 빠른 내 말은
반밖에 못 알아들으신다는 사실을

그저
당신 자식들 정 있게 우애 있게
화목한 그 모습에
뿌듯한 웃음 지으셨던
아부지 울 아부지

첨성대

당신은 밤하늘의 별을 관측하세요
저는 당신을 관측할 것이니

당신은 다가올 미래를 걱정하세요
저는 당신의 안녕을 걱정할 것이니

해 지고 어두운 당신 곁을
쏘아 올린 불빛들이 은은하게 감싸고 있네요

못 잊어 뒤돌아오는 등 뒤로
적당한 조도의 빛들이 당신을 지켜주고 있네요
얼마나 다행인지 몰라요

작은 돌들로 그 큰 하늘의 별들이 쏟아지기만을
기다리는 당신을 보노라면
얼마나 대견한지 몰라요

낮은 낮대로 그저 좋았던 그런 당신

밤이 깊어 어둠이 짙을수록

당신은 여전히 아름다운 배흘림 실루엣으로
맘속 한편에 당신으로 남겨집니다

오늘 밤
쏘아 올린 큰 불빛들보다
쏟아지는 작은 별빛들이 더 빛나는
그런 밤입니다

여름 아지랑이

태양이 데리고 온 여름 아지랑이

에그에그
누가 반갑다고 여기저기 손사래에
손바닥 양산으로 가리기에 분주하다

옴짝달싹 않고 있던 아스팔트 도로는
뜨거움으로 내려앉은 아지랑이를 반겨준다
이글이글 데워가며 한 인물 더 나게 해 준다

좋은 그대

안 그래도 이쁜데
그리 활짝 웃으시면 어쩌란 말이오

가만히 있어도 좋은데
그리 고운 뒤태 보이며 거닐고 계시니
어쩌란 말이오

언짢은 표정으로
돌부리 걷어차는 그 모습까지도 좋으니
도대체가 어쩌란 말이오

좋은 그대
내 바라는 것 없으니
보이는 곳에 그냥 그대로 있어만 주오

순정

손에 든 술잔에는 맑음이 찰랑입니다
찰랑이지 않게 잘 잡아든 손
잔 안에서 찰랑이는 술

맑음은 흔드는 잔에 저항 없이
순응하느라 찰랑이는 것입니다

앉은자리 지날수록
기울여지는 술잔은
더 꼭 움켜잡지만
요동치듯 찰랑이다 못해 넘치기도 합니다

맑은 정신으로 보는 이는
가슴 한편에 슬픔으로 찰랑입니다

날 보러 와요

팔월 명절 보름밤에 날 보러 와요
지난 가을 빈 그 소원 이루어졌나요?

귀뚜라미 울음소리 들리시거들랑
전주곡 삼아 날 보러 와요

찾아가지 못할 형편의 고향 친척은
안부 인사로 대신하고
그대 얼굴만 한 햅쌀 송편 두어 개로
보고픔은 대신하시고

가까이 오지 않아도 되는
멀리서도 훤히 보이는
추석 명절 보름밤엔 날 보러 와요
휘영청 밝은 얼굴 날 보러 와요

상수를 숨긴 사람

대괄호 열고
중괄호 열고
소괄호 열고
상수
소괄호 닫고
중괄호 닫고
대괄호 닫고

곱하기

대괄호 열고
중괄호 열고
소괄호 열고
상수
소괄호 닫고
중괄호 닫고
대괄호 닫고

살짝 어긋난 시선을 가진 사람이
꾸지람을 합니다

어긋난 시선을 상수로 두고선
상대방 손에 쥔 보이지도 않는 패를
안 좋은 패라고 꾸짖습니다
갖은 괄호로 겹겹이 숨긴 상수

모든 경기는 공정할 수가 없습니다

좋아서

손을 잡았다
너무 좋아 어찌할 바 몰라서
잡은 손을 만지작거린다

깍지를 껴보았다
너무 좋아 손안에 잡은 손
살짝 깨물어도 본다

좋으면 된 거지
왜 깨무냐고 흘겨본다

좋아서
네가 너무 좋아서

2부

꽃망울 움트는 사과나무

봄꽃

동구 밖 과수원 풀꽃들
꽃망울 움트는 사과나무 아래
잔망스레 피어 앉았습니다

저 많은 들풀 사이 꽃 피운 건
그 자리가 제일 예뻐 앉아 피웠나 봅니다

멀리서는 그저 그런 풀꽃들
작은 손짓에
풀꽃 따라 나도 쪼그리고 앉아봅니다

냉이꽃 씀바귀꽃
낮은 자리 앉아서 보면 더 예쁜
그대는 봄꽃입니다

여물어가는 우정

벗이여,
혹시나, 그야말로 혹시나
나로 인해 속상한 일이 있거들랑
맘속에 묻어두지 말고
살짝이 말을 해 주시게나
말로 하기 민망스러우면
아주 작은 찡그린 표정으로라도
표시내어 주시게나
자네 친구 나란 사람
그리 아둔하지는 않기에
아차! 하고 알아차려
내 자네 마음 풀어주려 노력하도록 하겠네
나 또한 민망스러울 때면
변명이라도 해대면서
자네 마음 풀어주려 애써보겠네
나는 여기 이 자리에서
자네는 거기 그 자리에서
여물어가는 둥근 박처럼
우리 서로 그렇게 든든하게
나날이 여물어 익어가 봅세

느티나무 우산

한여름 무더위 식히려
예고 없이 내리는 소낙비라도 만날 때면
고산성당 앞 느티나무
얼마나 고마운지 아시나요?

아무런 채비 없이 나섰다가 만난
여름 오후의 소낙비
더운 길바닥 식혀주듯 적당히 적시고
무성한 가지 나뭇잎들
딱 그만큼의 마른 땅은 남기고

비 갠 후
너, 나 대신 비 맞았노라
그제야 큰일 해냈다고
목피 한 번 어루만져 주고
고마움은 잠시 접어둔 채
느티나무 우산
그 자리 그대로 펼쳐두고서
가던 길 갑니다

독도

쪽빛 짙게 물들인 열두 폭 치맛자락
드넓게 펼쳐놓으시고
떠오르는 동쪽 해를 맞으시는
안방마님 독도

끼룩끼룩 괭이갈매기
갯바위 종종걸음 떼로 지어 노닐고
기세등등 덮칠 듯 밀려오던 거친 파랑도
안방마님 넓은 치맛자락 언저리에선
하얀 거품으로 읍소하듯 잘게 부서지노라

내 입은 치맛자락
살짝 밟았다고 네 것 될 수 없으니
공활하고 푸르른 내 앞마당에서
마음껏 놀다 가거라

독도는
굳건하고 후덕한 대한의 안방마님이다

능소화

담벼락을 타고 드리운 꽃
수줍은 듯 뽐내는
가늠할 수 없는 주홍빛은 가히 곱디 곱다

흙 돌담 기왓장 너머 뜰 마당
곱게 땋아 빗은 붉은 댕기 머리 아가씨
꽃만큼 어여쁜 아가씨가 거닐고 있네

능소화 꽃그늘 아래
못다 피운 열망은 통꽃으로 떨궈지고
목 밑까지 차오르는 말소리는
낱낱이 꽃잎 날려 떨궈진 채
떨어진 꽃잎마저 애잔하게 저리도 고울 수가

전해오는 꽃잎의 촉촉함은
뻗은 손끝으로 온도를 가늠하고
넋 놓은 듯 두 눈으로 담아내어
하나뿐인 심장 속에 박아 둔다
허투로 보아도 짙은 주황색 꽃
그 꽃잎

고운 선 하나까지 살뜰히도 발라
두 손 모아 앞가슴에 품어 본다

이팝나무

가던 길 잃어 가지에 걸려버린
높은 곳 몽실구름마냥
하얀 점점이 잘게도 맺혀 쉬고 있었고

나지막이 읊조려
눈길 동시에 입 모아 소리 내었어요
이팝나무라고

입하목 이팝나무 하얀 이 꽃
가로수 온통 하얗게 물이 들면
한 해 농사도 풍작이라더라

이팝나무 활짝 필 때
우리 다시 이 길을 찾아와 볼까요
지나던 바람이 들은 약속을
기억의 이편으로 언질해 주었기에
다시 찾은 오늘 이 길은
어김없이 작은 꽃송이들 다발로 만개해 주었네요

낮은 곳에 있었으면

내 두 팔에 걸려 품 안에 쉬었을 텐데

숨겨 온 내 사랑은 흰 쌀밥
그대 가슴 그 깊고도 큰 사발 속에
소복이 담기고 그득히 얹혔으면

더 더운 올여름이 오기 전에

그렇게 나리꽃이 피었습니다

절벽이
낭떠러지에서 나를 부르고 있다
나 그 자리 못 찾아갈까 봐

부르다 부르다
미동도 없이 목청껏 부르다
터진 목은 지쳐 갈라져 틈이 되고

엷게 부는 바람 소리에도
행여라도 여린 맘으로 되돌아올까 봐
부는 바람을 빌려 갈라져서도 부르고 있다

높은 절벽 바위틈으로
흑자색 점박이 붉은 나리꽃이 피어있다
참나리꽃이다

무던히도 그 자리 그대로이다

잎겨드랑이 속 구슬눈도 같이 울어 울어
슬퍼서 바위 틈으로 떨어집니다

내 사연도 슬픈데
참나리꽃 네 사연도 구슬프구나
바위는 갈라진 틈으로 거센 비바람 막아주리라
다독이며 참나리꽃 씨앗을 말없이 품어준다

여름 장마

초여름 장맛비는
어찌나 당당히도 찾아왔는지
지치지도 않고 온종일 내린다
문간 옆 창고 양철지붕을 때려가며
뿌리듯이 때론 퍼붓듯이 그렇게 내리친다

마당비로 연신 비질을 하며
잡동사니 이것저것 다잡는 사람들
들었다 놓았다를 반복하는
딱히 정리라고 한 것도 없어 보이는구먼
혹시라도 불어닥칠 거센 바람 앞에
무엇 하나라도 날아갈까 봐
작은 것 하나라도 상흔이 남을까 봐
당신들 마음 편하고자
큰 비 앞에 불안한 앞섶을 동여매는 듯
그 빗속에 부산을 떨어대신다

이제 시작인데
이 긴 장맛비가 지나고 나면
기다린 듯 들이닥칠 더위는

또 얼마만큼 기승을 부릴는지

번쩍이는 장마전선 채찍
해마다 여름이 몰고 왔지만
할아버지의 할아버지조차도
가늠할 수도 없고 예측조차 불허한
호된 꾸지람으로
마른 땅을 차지게도 내리치고 있다

치자 열매의 7월

여름 초입 새하얗게 피어낸 치자꽃
지는 모습 보이기 싫어
조용하게 져버린 자리에
마른 열매 남겨진다

사람 손에 거두어진 마른 열매
물속에 담궈져 한참을 그렇게 울음을 운다

뙤약볕에 덥다고 목이 탄다며
하소연하듯 빌려 말해 놓고선
물속에서 한참을 들앉아 있더니
온몸이 퉁퉁 불은 뒤에야
그제야 밖으로 나온다

타는 것은 한여름 마른 목뿐만이 아니었으리라

가득 담긴 저 물속을
온통 치자 열매 한 몸인 양
은은하게 때로는 진하게
미련 없이 녹여 내놓고 나서야 밖으로 나온 게다

네 한 몸 던져 녹였다고 서러워 마시게나
아무도 모를 치자 열매 녹여 든 물은
한 폭의 모시 치마로 곱게 물들여 지어내고
여인네 고운 목에도 흐르듯 감기듯 치장할 것이리라

8월의 동백꽃

그렇게도 그리도 아름답더니
세상 지칠 줄 모르게 선명한
냉혹한 듯 고혹하게도 아름다운 붉음

이 여름에 떠오른다
그 겨울의 동백꽃이

져버린 꽃을 애써 옹호해 본다

봉우리 때부터 아름다운
피면서도 질 때까지 아름답기를 애쓴다
하물며 상흔을 보이지 않으려
낱낱이 떨어지기를 마다하더니
기어코 떨어지기를 무겁게
후두둑 툭!
질 때는 통꽃으로 떨어진 그 꽃

이 여름에
질 때까지 아름다움을 바라는
동백이 떠오른다

마음속에
통꽃째 화석으로 남아있는
그 겨울꽃

강둑길 걷다가

굽이쳐 흐르고 있는 금호강 물 구경에
이미 발바닥은 강둑에 달라붙었다
어디 그리 바쁘게 달려가는지
밤하늘 별이 내려앉고 싶어도
빠른 물살에 쉬지를 못하고 있다

걷던 길 마저 걷다 다시 멈춰본다
마찬가지다 어스럼한 달빛 아래로 보이는
물살은 여전하다
아니 더 빨라진 듯하다

한참을 생각하다 알았다
별은 물 위에서 내려앉아 쉬는 게 아니라
하늘에 매달린 채 쉬고 있음을

나 심심하다고 쉬고 있는 별들에게
오지랖 넓은 배려를 보냈네

금호강 둔치 잘생긴 너른 벤치 위에
두 다리 쭉 뻗고 일과 끝에 쉬어본다

그제야 보인다
어두움 속에서도
그녀의 머릿결을 꼭 빼닮은
칠흑 같은 금호강 물결 위로
별빛 달빛 모두 윤슬 되어 내려앉은 것을

9월에는

9월에는
불볕더위 지나 적당한 일조량에
바깥바람 맞으며 좋은 책 한 권 꺼내 펼쳐 든
그런 여유를 가진 사람과 마주하고 싶다

가을의 문턱에서
가득한 구름들 사이로 드러난
틈새로 보이는 조각하늘도 예쁘다고
두 손으로 프레임 걸어
맘속의 풍경으로 담을 수 있는
그런 여유를 가진 사람과 마주하고 싶다

수북이 웃자란 길섶을
이발하듯 고르게 휘두르며
풀 베는 소리는 가을을 부르고
베어져 나간 시큼한 풀 내음도
이맘때 느낄 수 있는 제철 향기이다
덥다고 말하기엔 늦은 감이 없지 않고
선선하다 말하기엔 조금 이른 9월은
여름내 흘렸던 땀방울들

훔쳐내고 식히기에 좋은 계절이다

무르익을 가을을
산으로 들녘으로 황홀함을 만끽해 보았던
그 가을을 기다리는 사람은
9월부터 이미 행복해진다

화단 일기 · 1

나 없는 동안 잘 있었는지
하루라도 안 보면
일과가 끝이 나지 않은 것 같아
둘러보러 올라왔다

영글디 영글은 짙은 보라 열매를
소쿠리째 내어주고도
그보다 더 짙은 색 잔가지를 벌린 채
생의 마지막을 준비하는 가지나무 두 포기

근래 들어 선선한 기운 맞이하고서는
조금은 놀란 듯한 고추나무는
된장찌개 장식하며 제 몫에 충분했고

그중 느지막한 지금에서야
네모난 화단 한가운데 조경수로 심어진
남천 나무 몇 그루에 눈길이 간다

그 많은 종족들
흔하게도 심겨지는 조경수라

어울릴 곳도 많을 텐데
하필이면 어름한 건물주인 손에 간택되어
옥상 화단의 사계절을 책임지고 있다

남천 나무 외롭지 않게
가장자리 고르게 호미질하여
민달팽이 쉬러 와서 놀다 갈 수 있도록
가을 상추라도 심어 둬야겠네

계절앓이

이맘때만 되면
머릿속은 당신으로 가득해

잊으려 하면
가끔 그립다가도
잊으려 할수록
잠시 잊었다 이내 떠올라
잊으려 하면 할수록
문득문득 그립기만 한데

그렇게 이렇게 지금까지도

존재하는 모든 것들은
이런저런 이유들로 모두가
외로움이고
또 그리움이다

지켜보던 이가
툭 던지는 한마디
채워지지 않는 욕심 때문이라고

보고프고 그리운 이는
이른 아침 이슬로 먼저 찾아왔다

기다리면 오는 한결같은 당신을
그때는 지금보다 좋았지
그때는 이렇지는 않았어
혼자만의 계절인 것처럼
해마다 유난을 떨어댄다

비 오는 날

내리는 빗속으로 뛰어나가 본다
흐르는 눈물 감추어 보려고

비 그친 오후

눈물을 몰래 감추었는데
흠뻑 젖은 옷보다
걱정되는 것
퉁퉁 부은 내 눈두덩이

너무 맑은 날의 연속
그 끄트머리에
한 번쯤은 왈칵 쏟아지는
비 내리는 흐린 날

자작나무

흰 종이옷 한 장 두르고도
남루해 보이지 않는 자작나무
훑어낸 듯 마른 잎 한 잎 없이
잔가지째 보여주네
산능선 훤히 보이도록 다 보여주네

하얀 종이옷 흰 종이옷이
추워 보인다는 사람
하얀 종이옷 흰 종이옷이
유난히 따스해 보인다는 사람

자작나무가 말을 건네오네
사계절을 같은 자리 같은 마음으로
언제나 그대로라고

싸락눈

내 생각에
고개 끄덕여 주지 않았다고
토라져 앉아 외로워했다

한마디 위로가 필요할 때
내 곁에 없었다고
서럽노라 외로워했다

외롭다는 내 얘기가 들렸을까?

싸락눈이
흰 싸락눈이
하늘에서 내 곁으로 살포시 내려앉는다

포천계곡

숲과
큰 돌과
물이 있는 교외를 찾아서
하염없이 나섰던 길

물 맑은 계곡에 다다랐다

골짜기가 뿜어내는 날숨을
한참을 들이마셔
알알이 맑음으로 저금하고
넓적한 큰 돌 위에 걸터앉아
벌거벗은 두 발을
맑은 물에 담궈둔 채 돌아서 왔다네

복잡한 일상을 비우고 싶을 때
뒤엉킨 마음을 담그고 싶을 때
포천계곡 물 맑음을 찾아
지긋이 눈을 감아본다

서쪽 해

산 능선 한 뼘 위 늦은 오후의 해
바라보며 걷노라면 여전히 눈이 부시다
자세히 보려 뚫어지게 쳐다보다
이내 곧 재채기만 일으킨다
고질병 알러지 비염을 잠시 잊었나 했는데

밝음 한 번 잠시 보고 눈부심에 고개 돌리면
검은 해 그 모양새 비문 현상만 남긴다
열 배는 긴 시간으로
검은 해 내 앞을 먼저 쫓아간다
바둑알이다 온통 검은 바둑알이다

오늘도 서쪽 해 제대로 보려다 또 졌다

3부

아득한 사랑

꿈

하고픈 걸 할 수 있는
좋은 세상 누리는 중
높을수록 좋다
적당히가 좋지
저마다 제각각 말하는
목표에의 정의 내리기
너도나도
노력만큼 딱 그만큼
그 자리 있음을 인정하고
배움을 나누는데
어느 제자
걱정스레 조심스레
다 주고 나면 어쩌시려구요?
여유 있는 웃음 지으며
되돌려 답한다
따라올 테면 따라와 보시라지요
제 꿈을 드높이면 되니깐요
이 녀석,
이만큼 내어주고도
희한한 건 나눌수록 더 커져만 간다

꼴

잘난 사람 눈길 가는
자연스런 세상 이치
수북 쌓인 대형마트 과일마저
이리저리 돌려가며 가려 담고

당도 높은 좋은 과일
자연스레 가는 손길
좋은 심성 가진 사람
그 됨됨이 어질어서
보면서도 보고프고

됨됨이가 받쳐주니
잘난 척도 눈부시게
그 잘남이 돋보이고
될수록 빛이 나고

겉만 유독 번지르르
밉상 행동 못난이는
모난 돌 정 맞는 듯
꼴값한다 소리 듣네

꾀

머리는 맑고 밝게
항상 공부하고 깨어있으라

새로운 분야 받아들임에
거리낌 없고 연구에 진지하며
계발에 힘을 써라

축적된 지식을
그냥 두지 아니하며
하염없이 응·활용하여
사회에 두루 나누어라

사람들과 어울리며
세상 살아가는 나름의 방법을 익혀라

상황에 놓였을 때
그 쌓은 지혜로움으로
사람과 사람 그 사이에서
현명하게 대처하라

저 같은 비유가 어찌 이 어려운
난관을 해결할 수 있겠습니까?

상황이 복잡할수록
단순하게 다가서라
당신만의 처세술로

깡

시련에 직면할 때마다
배짱에 오기 얹어
되뇌곤 하는 말
그래 나는
울 아버지의 자랑이자
울 엄마의 꿈이었던 슨저이다

대놓고 무시당함보다 더한
은근히 무시할 때면
목구녕까지 차오르는 말

네놈이 잘났으면
얼마나 잘났는지
지칠 때까지 해대 보거라
지치는 그 순간이
내 배틀엔 시동 걸리는 순간일 테니

어둠 속에서도
한 줄기 빛으로 발사각을
키우는 나를 발견하는 순간

도전적이지만
무모하지 않은 내 뱃심
저 깊은 곳의
단단한 속 근육과도 같은
이름 모를 이것은 설마 깡?

기호식품

베이글엔 치즈 크림

한여름도
따뜻한 아메리카노
설렁탕은
소금보다 대파 더 많이
과메기엔
생김 쪽파에 초고추장 듬뿍
송편보단
앙꼬 없는 절편
어정쩡한 배보다는
식감 있는 콜라비

회보단 생고기
사과보단 단감
사탕보단 젤리
단술보단 수정과
맥주보단 소주
칼국수보단 잔치국수
비빔밥보단 돌솥밥

짜장은 유니짜장
한약보단 홍삼정
탕수육은
부먹보다 찍먹

내 입맛의 기호식품들
그중 단연 최고는
손맛 좋은 먹물

두려움

어떻게 될 거라는 것을
알기에
무엇 때문에 이러한지를
알기에

들었기에
너무나도 많은 이야기들을
들어버렸기에
그로부터 받은 충격의 후유증이
또 얼마큼인지 가늠이 되기에

걱정의 폭과 근심의 깊이는
굴러 굴러 커져만 간다

입춘

봄을 부르는
온화하고 따사로운 기운은

안에서는 발코니 창 너머로
밖에서는 차창 너머로
보드라운 빛은 햇살 줄기를 타고

미나리향 달래향
봄 내음 가득 싣고
내게로 와서 송축하는 입춘

처세

알아주겠지
이만하면 넘어가도 되겠지
뭉그적 스리슬쩍
내가 싫어하는 모양새의 처세들

작은 일도
자근자근 짚고 넘어가는
이 예민함이
삶의 진실로 이끌어 주리라

정월 대보름

오늘 밤
캄캄하고도
맑은 하늘의 보름달은
유난히도 둥글고
말갛도록 휘영청 밝음을 내린다

그 어느 날
한밤중이었었지
하늘의 달도 쫓아다니는 듯하여
질척대어서 싫다고
갈피 못 잡던 내 심사

들뜨지도 가라앉지도 않은
바람 한 점 없는 정월 하늘의
맑디맑은 고즈넉함

부럼을 깨부수어도
대보름이 평온으로 다독여 준다

우수

마치맞게 딱 좋은
오늘처럼 날 풀린 좋은 날

어쩌다
획~하고 새초롬히 돌아서서는
혼자 억울타
어쩌면 내한테 그럴 수가 있을까나
노여워하곤 하는

섭섭함이 짙어
동여맸던 내 맘 풀림은
따뜻한 말 한마디에
금세 녹아내림은
표정관리 못한 이 촌스러움은

나를 사랑하는 사람들은
대번 알아차리곤 하는

우수 경칩에
대동강 녹아내림은 내 못 봤으나

이 아이,
맘 녹임이 이리도
어렵고도 쉬울 줄이야
여전하다 여전해
내 오랜 지인들,
이즈음이면
자주 놀리곤 하는

삐친 내 맘 정다운 말 한마디에 녹듯
찬 기운 유유히 녹여주는 오늘은 우수

경칩

앞집 친구 우수와
뒷집 친구 춘분을
흔들어 깨우는
우리 집 셋째 아이 경칩

부지런하기도 하여라

모든 미물 저리 흔들어 깨우다
행여 나쁜 기운이라도 묻혀올라
노심초사 에그머니

당사실로 북어 묶고
맑은 물 한 그릇에

이른 아침
빌어본다

복되길 비는 게 아니올시다
그저, 우리 아이
탈 나지만 않도록

비나이다
무탈하길 비나이다

청명

툇마루 걸터앉아
쳐다본 하늘은
닳은 숟갈로 무 긁어 놓은 듯
봄볕 부드러운 바람에
구름을 늘어놓았다

오전 나절
밭갈이 나설 채비하는 농군은
연신 흥얼거린다

마당 끄트머리 사립문 쪽
덩그렁던 오동나무

큰딸 태어나던 해
아이 조부의 가르침에
영문 모른 채 심어놓은 오동나무
화초장 재목 되기 전
해마다 어김없이 언제 또 꽃을 피웠는지
근면함에 웃음 머금은 채 집을 나선다

한창 밭갈이에
굳은 허리 펴본다
올려다본 하늘은
너무 맑지도 흐리지도 않은 것이
올해 농사는
풍년을 점쳐 본다

망종芒種

까끄라기 모종 옮겨 심느라
여기저기 분주한 모습 속에
새잎 수북한 모판을 떼다 말고
얇은 초록 이파리들에 눈길이 멈춘다

잡초를 두려워하는 것은
새싹의 어린싹과 혼동할까 봐서라는
이는 바람에 찰랑거리는
잡초를 솎아내어 그저 멀리하기를
덕망 높은 이 그 곁에서 향원의 덕을 유린하는 듯
잡초를 두려워해야 함이다

보리는 베야 하는데
모판 벼 모종은 더 큰 논에서 자라고파 어린잎 몸부림치고
곁눈질할 틈도 없이 촌락의 농부는
발등에 오줌이라도 싸고 싶은 심정으로
모판 모종을 농번기 한가운데로 나르고 있다

윤사월 초하루

사주 적어 연등 달고 나오는 길
한 뼘이라도 더 높이 올려 달고 싶었는데
이구동성 앞쪽을 선호한다 하네
작은 번뇌 사라지고 밝은 지혜 느끼는 순간
부처님 앞에 얼마 못 가 무지가 들켜 버린다

소원 빈 오색등 넓은 마당 달고 나오는 길
높이 달면 하늘에 빨리 전해질까 높이는데
걸린 줄에 달아야만 된다 하네
무명 가득한 탁한 마음 밝아짐 느끼는 순간
부처님 앞에 이 내 작은 욕심은 바로 들켜 버린다

들켜 버려 겸연쩍고 민망한 마음에
뒤돌아 올려다보는 대웅전에는
괜찮다 그럴 수 있노라 웃으시며
산자락을 비추고도 남을 밝은 불빛 되어
모두를 고무시키는 힘을 지닌 부처님의 미소

열세 번째 별자리

품어 왔던 말들이 시어가 되고
낟알이 된 시어들은 글 씨앗이 되어
고르고 골라 고이 적어 심어봅니다

저마다 간직한 작은 꿈
밤하늘에 별들 사이 묶어 달고
꿈 많던 어떤 이는
그 꿈 하나 이루어질 때마다
별자리로 그려 봅니다

깊어 가는 가을밤
짙어지는 어둠 속 높은 밤하늘에
별자리 하나 새로 태어납니다

씨앗으로 뿌려진 고운 글
짓던 글이 막힐 때면
펜 들어 마른 종이 위
잉크 한 모금 떨구어 타는 목 축여가며
긴 사연 짧게 눌러 시로 피워냅니다

글꽃이 활짝 피었습니다

간절히 원하면 밤하늘의 별이 되어
별자리로 태어난다지요

별자리 하나 새로 이름 붙여집니다
열세 번째 별자리는 글꽃자리입니다

여름 동정同定

성문 밖은
무르익을 대로 무르익은 여름 끝자락
제철 만나 피워놓은 보랏빛 맥문동으로
한바탕 꽃잔치가 열렸습니다

마당 담벼락에 바짝 기대어 있던
감나무에 땡감은 궁금타 못해
빼꼼히 머릴 내밀고 꽃구경에 모여든
사람들을 구경하느라 올망졸망 맞이합니다

묵독하다 시간이 깊어질수록
읽었던 책 속의 숱한 내용은 오간 데 없고
가는 이 여름날을
당신 생각으로 가득한 책장을 펼쳐놓은 채
엎드려 잠을 청해봅니다

찬 바람이 불면 좋겠다

얼마나 아프고 얼마나 견뎌 내어야
내 사랑을 꽃으로 피워 보일 수 있을까?

밀랍 양초 밤새 울다 울다 지치도록 울어대다
온몸은 주르륵 희고 꾸덕꾸덕한 눈물옷까지
길게도 걸쳐 입었는데

찬 바람 불던 날
목에 둘러 주었던 머플러
그날이 떠올라 내게 다시 오실까
바람의 끝자락을 찾아
황새목 되어 길게 두리번거리면
그 바람은 끝이 보이지 않고
머플러 끝자락은 한참을 그렇게 날리었었지

정성 들여 손질한 머리
조금 헝클어지면 뭐 어때
기다리다 지쳐 눈물옷 두텁게 걸치느니
어설프게 걸친 머플러
다시 여미어 둘러주실까 실낱같은 기대에
찬 바람이 불어오면 좋겠다

배동拜洞의 한로寒露

아침저녁으로 찬 이슬 맞아 영롱하던
수유 열매는 찬 서리를 눈앞에 두고
지친 모양의 붉은 자줏빛으로 시들해 갈 즈음
앞집 소희는 수유 열매 가지 끝을 꺾어
귀밑머리에 꽂으며 연신 콧노래 흥얼거립니다

황금들녘의 추수를 앞두고
누렇게 살이 오른 미꾸라지를
이 시기에 그냥 둘 리 없는 석이 엄마는
훑어온 방아잎을 뿌려 넣은 추어탕을 준비합니다
찬바람 불기 전 따신 자리 용케 옮겨간 제비가
그려놓은 하늘길 따라 기러기들 강둑 너머
갈대숲으로 먹이를 찾아 떼로 무리 지어 모여들고
남산 자락 목마른 활엽수는
물감 풀어 담은 물조리개로 뿌려 맞은 듯
서서히 농익은 천연갈색으로 입혀집니다

인적 드문 삼릉숲 초입을 걷고 있노라면
오르락내리락 혼자 바쁜 청설모
찬 서리 내리기 전 양식 나르기에 분주하고

귀뚜라미 소리도 숨죽여 들리지 않을
제법 길어지고 깊어가는 조용한 이 밤
정적을 이기지 못하고
떽 떼구르르
떽 떼구르르
뒤뜰 홀로 선 상수리나무가
애꿎은 가을밤에 꿀밤을 때립니다

상강 맞이

초목이 누렇게 익어가는 계절을
댑싸리는 애닳다 고집 피우며 앉아 울지만
이 계절이 괜찮다네

가는 계절 아쉬워 승천하던 물방울도
밤새 하얀 서리로 고르게 덮어주는
온갖 생물이 무르익을 대로 무르익은
이 계절이 괜찮다네

낮의 길이가 짧아짐을 느껴
이제야 꽃봉오리로 말문 터뜨리는
길섶 국화 꽃무리에 빠져들고픈
이 계절이 괜찮다네

따뜻한 봄날 남들이 꽃 피울 때 심어져
밤의 길이가 길어짐을 느껴 만개한 벼꽃은
넓은 들에 추수되어 모둠으로 남겨지고
성실의 보람을 수확할 수 있는
이 계절이 괜찮다네

동트기 직전
은빛으로 들판을 뒤덮은 서리가
나를 보고 있는 거울 속 중년에게도
제법 내려앉아 있다네

너그러운 웃음에 여유는 덤으로
상강 맞이 계절이 주는 시간의 선물이라
괜찮노라 겸허히 받아들이게 되는
이 계절이 나는 괜찮다네

입동 즈음에

당신들과는 엄연하게 다르다
암만 다르고말고

자존감 높고
이상도 높고
이성을 바라보는 눈 또한 높았기에
제 잘난 맛에 산다
비아냥거림도 많이 받던 그는

좋을 때
좋은 사람
그 좋은 시절
잘난 맛에 다 떠나보내고
몇십 번의 계절을
그렇게 흘러가게 보내버리고

그 나이 먹도록 온전한 마음 둘
정인情人 하나 두지 못하고
수십 번째의 겨울 문턱에 다다랐다

캐시미어 코트 옷깃을
자존심만큼 높이 세워
스며드는 찬 기운에 여물게도 여미고
동동걸음으로 외출에 문밖을 나선다

남다르다는 그도
모든 이와 함께 맞이한다
무디고도 단단한 쇳조각처럼
쇳내 나는 차디찬 입동 즈음에

신축년辛丑年

흰 소 떼들 달음박질에
산천초목은 저절로 차렷 자세
참고 복종하는 흰 소 닮아
기승부리던 찬 기운도
굴복을 자초하리라

을축 정축 신축 계축
땅을 지키는 십이지
하늘의 이치를 담은 십간
신축은 그중 가장 상서로우니

암소를 뜻하는 백신(vaccine)
라틴어라도 소환하여
창궐하는 COVID-19에
암소젖이라도 짜내어

채색 전의 하얀 신神의 캔버스에
새 희망 가득한 백신을 그려보자

4부

작은 뜰 낮은 담장

기상

내 오늘의 기상은
평소와 다를 것이 없는데

동이 트기 전
오늘의 이른 새벽하늘은
빽빽한 아파트들 선과
맞닿은 채
어린아이가 앞니 빠진 모양새로
웃으며 오늘을 열어달라

오늘아~
보챈다고 내어 줄 수 있는 것이라고는
어제보다 조금 더한 내 열정뿐이란다

관계

오해와 이해
오해와 이해

거듭된
오해와 이해의 반복 속에

만들어지는 우리 사이

여유 찾기

발등까지 착 감기는 러닝화
잘 조성된 매호천 트레킹 길을 내딛는 소리
타악 타악!

내 가쁜 숨소리 귀에 익숙해지면
매호천 물소리 그 흐름이 귀로 보인다
가로등 불빛 조팝나무 꽃은 대낮보다 더 뽀얀
여유가 생긴 게다

암반에서 떨어져 흐르는 건지
낮익은 수초를 헤집고 굽이쳐 흐르는지
내 숨소리 맞춰 흘러가 주는 게 분명하다
내 템포에 잘 맞추어 흘러가 준다
한결같다

청둥오리 연거푸 자맥질에
자생으로 자란 가장자리 청갓은 꽃을 달고
그늘진 바윗돌 틈새로 자란 돌나물 무리들
어둠에서도 잘 보이는 맑은 연둣빛이다
편한 자리 쉬고 있다 말을 건네 온다

끈 조여 맬 때의 다짐은
고된 하루 달밤의 트레킹 길 운동을 마무리한다
노동으로 흘린 땀이든 운동으로 흘린 땀이든
내 모든 땀들은
정직하다

속 터지는 사연

봄꽃들
그 고운 꽃망울 채 터지기도 전에
코로나가 터져 버렸다
울 아버님 먼발치서 속만 태우셨다
어머님 생전 좋아라 하셨다던 자목련 둘러 심은 묘터
비석 한 번 맘 편히 쓰다듬지 못하셨다고

올가을엔
까실이 쑥부쟁이가
제일 먼저 꽃망울 터뜨렸음 좋겠다
복 터지는 사연들 아닌
속 터지는 사연 터뜨릴 바에는

뒷마당 농익어 떨어져 터진 그 흔한 홍시
땅이 훤히 비치도록 맑은 선홍빛 붉음으로
행여 다시 불어올 그 매서운 터짐을
덮어주면 좋으련만

나르시시즘

사람 기다릴 줄도 알고
힘든 이 도닥여 줄 여유도 있고
느긋하게 사랑하는 것을 알고
시간을 잘 보내는 일도 알고
근심 해소하는 나름의 방법도 알고
아픔을 무던히 승화시켜 성숙해짐을 알고
미물에게서도 깨달음을 찾고
가깝고 소중한 이들을 아끼는 법을 알고
질타를 내 것으로 만드는 지혜도 있고
양가감정에서 선한 신념도 있고
유혹에 흔들리지 않는 소신도 생길 즈음
불완전한 나이지만
이런 내가 나도 나를 사랑함을 알고

잡을 수 없는 것들

응, 그러마!
무심코 내뱉은 대답으로
몇 며칠을 시달림 당해 본 기억에
함부로 기약하지 않기로 했지요

보채는 아이는
얼마나 기다림에 맘 졸였을지

시간 지나 누군가
조심스레 말을 걸어오면
귀담아 듣는 습관이 생겼네요
내 소맷자락 붙들고 보채는 일 생길까 봐

진지하게 들어주고 나지막이 말해주는
나만의 답으로만 돌려주지요

너와 나 그리고 우리
기다림과 바람
그리고 보다 더한 보챔은
잡으려 해도 잡히지 않는

하늘 아래 저 어느 별들과 같지요

많이도 아닌 딱 한 움큼인데
바라는 이는 희망이라 이름을 붙였고
보는 이는 욕심이라 보았나 봅니다

낮은 자리

물이 줄어 보 가장자리 바닥이 보이기 시작합니다
며칠째 하늘이 뜨겁더니 쩍쩍 갈라진 고목 껍질마냥
보 바닥이 속곳 내보이듯 민망한 속살을 내보입니다
귀 뒤로 검은 댕기 두른 왜가리 작은 무리들
발목을 담근 채 자맥질을 해댑니다
연이은 마른 날 얕아진 봇물에 파닥대는 잔챙이들
요 며칠 쉬운 사냥에 왜가리들 먹잇거리가 솔찮습니다
왜가리 두 마리 아는지 모르는지
아래쪽 논 끄트머리 논두렁을 구부린 목 펴 가며 쪼아댑니다

보 바닥 갈라지면 동네 인심도 갈라진다고
서넛만 모이면 걱정스레 말들을 합니다
누가 먼저랄 것도 없이 위쪽 논 주인장들이 팻물을 말합니다
고개는 떨구면서 물길을 먼저 내어 주겠노라 입을 뗍니다
타들어 가던 논바닥 딱 그만큼 속 태우던
낮은 자리 아래 논 주인은 더 낮은 맘가짐이 되고 맙니다

검은 댕기 두른 왜가리
들판이 내려다보이는 곳에 잔나뭇가지 연신 물어다 나릅니다
왜가리 두 마리 며칠째 꼼짝 않고 틀고 들앉아 있습니다

보로부터 수로 가까운 위쪽 논이 아직은 그래도 금이 좋습니다
내가 사는 이 동네 각박하지 않은 이 동네는
높은 곳 유명산 찾아 둥지 트는 새 부러워 않고
왜가리도 머물고파 둥지 틀어 알을 품는
낮은 자리 이곳도 꽤나 괜찮습니다

옥스아이데이지

작은 뜰 낮은 담장 아래
야물딱진 흰 꽃 무리들
잔망스레 키까지 맞추어 피었다

다 자랐단다 딱 한 뼘

피운 자리가 곧 편한 자리
자리 욕심 없이 햇살 나눠 먹으며
토닥이지 않고 잘도 놀고 있는
예쁜 꽃 옥스아이데이지
그 모습 기특하다
예쁜 말로 쓰담쓰담

재잘대다가 소곤대다가
까르르 산들거리며 웃어대다가
하얗고 예쁜 이 사이로
노랗고 동그란 목젖은
연신 다 내보이고 있다

양갱

양갱 한 입 베어 물었다
너무 달면 어쩌나 걱정했는데
콧노래 절로 나는 즐거운 단맛이다
팥 불리는 그 더딘 시간은 잠시 잊고
간식으로 이만한 것도 없노라
짙고 검붉은색 쫀득함 손에 쥐고
달싹한 단맛 너머로 와닿는
이 맛은 선명한 팥맛이다
팥양갱이다

하나로 부족한 듯
양갱 한 입 베어 물었다
한 입 두 입 쫀득함에 쳐다보며 아껴 먹던
밤껍질 치던 그 지루함은 잠시 잊고
어릴적 그 귀한 간식거리
흡족함에 행복지수 높여가며
부드러운 단맛 너머로 와닿는
이 맛은 분명한 밤맛이다
밤양갱이다

반지

긴장해서인지 설렘 때문인지
처음 낄 때 그 차가움을 잊은 지 오래이다
세상 오직 이 사람뿐이리라
사랑의 증표로 끼워진 내 반지
그래도 이런 사람 세상 없으리라

빼지 않고 의리로 끼고 있는 내 반지
감동받을 때마다 만지작 만지작
속상함 있을 때도 만지작 만지작
희로애락 내 인생 중심 잡아 준
왼손 약지에 끼워진 내 반지

흔들리다

누군가 그러더군요
흔들려도 보라고
대신에 예쁘게 흔들리라고

지나는 바람에
가만 있다 스치우면 되는데
가볍게 흔들리는 것도 힘들더이다

그 누군가에게 말해 주리라

꽃
나뭇잎
소녀의 고운 머릿결
흔들려서 예쁜 것 많더이다

나보다 흔들려서 예쁜 것들이 많더이다

표현의 정도

너는 핏빛 장미라 말하고
나는 그냥 붉은 장미라 말했다

너는 꽃향기 코끝까지 진동한다 말하고
나는 돌아서며 잔향이 은은하다 말했다

내 사랑이 너보다 덜한 것 같아
자주 서운하다 말하던 너

나를 향한 그 사랑이 넘쳐나
항상 그럴 거라 안이하던 나

너 없는 지금

나의 방법으로가 아닌
네가 충분히 느낄 수 있도록
아끼지 말고 다 얘기해 줄걸

곁에 있다면
네게 받은 그 이상으로

표현해 줄 수 있을 텐데

그대
다시 내게로 돌아와 주오

감정 부등식

엄마에게 혼나고
아빠에게 위로받았던 날

사회관계 속에 맘 상하고
고향 친구에게 푸념했던 날

사춘기 첫째 반항에 보육이 힘들 때
터울 진 둘째 재롱에 웃음 지었던 날

나
모두 이를 수용할 수 없듯이
그들 또한 나를 온전하게 좋아해야 됨은 없으리
한쪽에서 얻어맞으면
다른 쪽에선 어루만져 주리니

흔적 없는 자수

누군가를 기다리고 있다면
기약 없이 기다리고 있다면
초조한 듯 비벼대던 두 손
고이 모아 잠시 쉬게 하고
추위에 움츠린 손등 위에
호호 입김 불어
하얀 솜꽃을 몽글몽글 피워보자
기대였다가
실망이었다가
또다시 기대이기를 바라며
그러고도 또 다른 기다림이 남았거들랑
내 안의 온기를 불러내어
흔적 없는 수를 놓아보자

추억이란

행님예!

삽작 문 들어서면서부터
목청껏 부르는 부산 사투리가
걸쭉~하게 안방까지 울려 퍼진다
오침 달게 주무시던 울 아부지
무릎 지팡이 한 번 짚으시곤
화들짝 일어서시게 만드신다

그래, 왔나?

같은 시절 좁은 골목길을
앞서거니 뒤서거니 비집고 댕기셨노라

자네 그때 그 일 기억 나는가?

기울어지는 술잔에
소환된 추억을 안주 삼아
길어지는 산 그림자가
너른 마당 반쯤 드리워질 때까지

만담이 이어진다

곱씹을수록 구수해지는
추억이란 그런 건가 보다

드림캐처 사이로

누가 보더라도 건강한 신체를 가지고
편안한 내면을 가진 듯한 그녀는
외롭다는 사람을 향해 핀잔을 주곤 한다
외로움,
그거 사치인 것 같다고

어쩌다 드물게 조용한 틈을 타
드림캐처 깃털마저 보드랍게
외로움이 급습을 할 때면
노곤한 듯 스산한 기운 느낄 새도 없이
핀잔주던 그녀가 있는지
주위를 두리번거리며 살피게 된다

진공상태의 미동도 없는 기분은 별로인지라
가라앉으려는 감정을 환기시키는
잔잔한 콧노래를 흥얼거린다

감정에 취해 자칫 막연한 그리움이
사치스럽게 나타날 때면 흠뻑 적셔 들다가도
감당 안 될 더한 그리움이 밀려올 때면

노래로 취한 감정을 어루만져 본다

노래 멜로디에 묻혀
어느덧 끝 소절을 따라 부르고 있는
현실에 잘 적응하고 있는 나를 발견한다

새로운 감정을 깊게 느끼고 싶을 때
바람 부는 날 창문틀에 매달아 놓은
드림캐처는 잠시 걷어두고서
핀잔주는 이 없는 곳에 눌러앉아
떠오르는 감정의 이야기는
사치스러움을 얄팍하게 가리고서 한 편의 글로 감춰본다

지금,
창문틀 아래 고요히도 흔들리고 있는 드림캐처
보드라운 깃털과 얼기설기 엮인 매듭 사이로
잔잔한 감정들이 걸리지 않은 바람 되어 수없이 넘나들고 있다

책갈피

지닌 푸르름 다 내어주고
올해 가을을 맞이하며 물이 든다

떨어져서까지
처절하게도 아름답기를 바란다

물기라고는 하나 없는
바싹 마른 채로
책장과 책장 사이 끼워져
숨죽여야만 한다

더 이상 얇아질 수 없을 만큼
얇게 눌러짐을 확인한 뒤에서야
앞뒤로 팽그르르 팔랑여 본다

계절을 맞이하며 한 글자
보내며 또 한 글자
잎맥 위 세로 글로 남겨본다

읽다 지친 이는

책갈피를 사이에 두고 덮으며 잠을 청하고
농익은 가을색은
한 권의 에세이 얇은 책장을 덮고 잠이 든다

날개 돋다

몇 방울의 물이 들어간
벼루를 차분하게 일정하게 고르게 다루어
기어이 검은 먹물을 개어 내도록 하고야 말았다
물을 적시어 필모의 갈피 사이사이로
먹향이 고루 배도록
네모나고 밋밋한 검은 몸체를
차지게 때리듯 다듬어도 보았다

농담의 정도를 느끼기까지
검은 쥐꼬리가 살아 움직일 때까지
손목이 아리도록 저려 올 때까지
수직으로 선을 그리고
늘어뜨리게도 그려내고
숨 고르듯 또 그렇게 선은 그려지고

순간 내 오른쪽 날갯죽지에서
뭔가가 꿈틀거림이 느껴졌다
등가죽을 뚫고서 날개가 나오려나 보다
털이 없는 앙상한 깃만 있는
날개 하나 돋아나려나 보다

양쪽이 아니라 하나뿐인지라
날지는 못한 채
내가 잠든 사이
내 곁에서 조용히 저 홀로
어둠보다 더 짙은 색으로
먹향 그윽한 난잎을 치고 있으려나 보다

송년送年

우리
보낼 때는
미련이 아닌 희망을 가지고
보내 보게나

밤새 하얗게 내려앉은 서리는
떠오르는 해를 보며 스르르 녹아
본디 없었는 듯 그 자리를 내어주고
시원하던 바람은 차디찬 겨울바람에
한발 물러나 준다네

한껏 내려간 기온에
낙화한 입국 꽃대를 안타까워 말게나
새로운 날 더 영롱한 꽃으로의 개화를
꿈꾸는 것일지니

다사다난했던 올 한 해 사연은
새로운 시작을 위해
땅속에 잠시 쉬는 듯 묻어보게나
겨우내 우리네 발 아래서

더 큰 포부를 안고
개화할 수 있을지 그 누가 알겠나!

사람이 고프다

형님,
제가 있잖습니까?
언니야,
어저께 있다 아이가?

얘네들,
얘기가 고팠나 보구나
그래 마음껏 얘기해 보거라

아까 오전에
현장 갔다가 말입니다……
있제 어제
회의 중에 있었던 건데……

어디 가서 못 할 얘기들
나에게 해 줘서
고마운 이 뿌듯함은 뭐지?

이야기가 고파서일까?
사람이 그리워서일까?

못다 얘기한 답답함도
인간적인 그리움도
그래,
오늘만큼은 내 다 잊게 해주리라

시간의 이름

하루 이틀로도 불리고
사흘째 나흘째로도 불리고
여러 날 여러 달로도 불리는 아이가 있습니다

지난날들로 불릴 때의 어떤 날은
조금 씁쓸한 표정을 짓기도 하고
예전에라고 불릴 때의 어떤 날은
아련한 눈빛을 보이기도 하는 아이입니다

그런 그 아이,

마음먹은 대로 눈앞에 펼쳐지는
지금이라는 이름을 가장 좋아합니다